Machtmissbrauch in den Medien

Inhaltsverzeichnis

1   Bundespresseball

2   Die neue Intendantin

3   Im Haifischbecken der Hauptstadt

4   Die Bühne der Welt

5   Eine heiße Story für Helene

6   Alles ist anders als alle denken

Bundespresseball

Der Bundespresseball ist ein Highlight des gesellschaftlichen Jahres. Zweieinhalbtausend Gäste. Organisiert von der Bundespressekonferenz. Wer dort dabei sein darf gehört zur oberen Gesellschaft dazu und ich bin diesmal eingeladen. Andreas und seine Frau, mein Bruder und ich. Gemeinsam schreiten wir die Stufen hinauf – ins edle Hotel Adlon in Berlin. Die Kristallgläser auf den Tischen glänzen im Licht der Leuchter, die überall aufgestellt sind. Die Bundeskanzlerin ist ebenfalls da – eine Überraschung, denn sie gilt als Tanzmuffel. Gemeinsam mit ihrem Mann nimmt Doris Haas selten an solchen Veranstaltungen teil. Mein Bruder und ich tanzen fast ununterbrochen. Tobias, ich muss eine kleine Pause machen. Ich gehe zur Austernbar. Hole mir einige wenige

Austern. Eigentlich mag ich sie nicht wirklich, aber noch weniger mag ich Currywürste oder Spanferkel. Während ich mir ein halbes Dutzend Austern geben lasse kommt die Bundeskanzlerin an den Stand. Frau Schmitt. Ich freue mich sie hier zu sehen. Wie geht es Ihnen ? Danke Frau Bundeskanzlerin. Es ist ein schöner Abend. Doris Haas gilt nicht als Smalltalkerin und ich bin überrascht, dass sie überhaupt mit mir redet. „Ich habe schon viele Beiträge von ihnen gesehen. Sie sind eine gute Journalistin und ihre Sendung hat unter ihrer Leitung sehr gewonnen. Ich möchte mich auch bei Ihnen bedanken für die ausgewogene Berichterstattung während .... Sie wissen schon was ich meine ? Ich würde sie gerne einmal zu mir ins Kanzleramt einladen. Wir sollten uns ein wenig näher kennenlernen. Schließlich haben wir gemeinsame Interessen.

Ein starkes Deutschland ohne Probleme und ohne Bürger, die uns das Leben schwer machen. Ich spüre, dass wir aus dem gleichen Holz geschnitzt sind." „Vielen Dank für ihre Einladung Frau Bundeskanzlerin. Ich freue mich und kann es kaum abwarten bei Ihnen zu Gast zu sein." Einige Fotografen haben uns aufgenommen. Sehr gut. Es wird mein Image verstärken. Ich lächle. Doris Haas verlässt den Stand und ich gehe zurück zu meinem Bruder. Die Bundeskanzlerin mag mich, das habe ich gemerkt und auch dies werde ich nutzen. Doris Haas hat es nicht leicht. Weltweit gewinnen die Populisten an Macht, Flüchtlingskrise im eigenen Land und viele Menschen sind kritisch geworden hinsichtlich der eigenen Journalisten. Ich verstehe nicht was diese Nörgler wollen. Sollen sie froh sein, dass wir eine starke Kanzlerin haben. Sie ist aus dem gleichen Holz geschnitzt wie ich hat sie gesagt und ja das mag wohl stimmen. Sie will Macht und die will sie behalten. Deshalb verstehen wir uns. Sie schaut mir in die Augen und ich sie und wir sehen: mit Dir kann ich nicht spielen. Wir wissen was es braucht um an die Macht zu kommen und da zu bleiben. Sie wird mir helfen, ich brauche sie noch, sie braucht mich, vielleicht schneller als wir beide uns vorstellen können, das wird sich zeigen. Ich bin froh, dass mein Bruder und ich uns ein Zimmer im Hotel Adlon gegönnt haben, so brauchen wir nicht weit fahren und können den Champagner in vollen Zügen genießen. Auch die meiste Prominenz übernachtet im Hotel. Die Bundeskanzlerin hat selbstverständlich die größte Suite bekommen. Sie hat praktisch ein eigenes Stockwerk zur Verfügung. Der Bundespresseball geht bis in die frühen

Morgenstunden. Wenn ich viel Champagner getrunken habe kann ich meistens nicht gut schlafen. Deshalb streune ich durch das menschenleere Hotel. Es ist wunderbar, nachts alleine durch Hotels zu schlendern. Hinter jeder Tür schlafen Menschen, oder auch nicht und ich fantasiere darüber, was sie wohl machen könnten. Vorsichtig gehe ich die Treppen zum letzten Stockwerk hinauf. Ich öffne die Türe zur Dachterrasse. Hinter einigen Tischen, die in einer Ecke gestapelt sind, höre ich Menschen reden, sehr sehr leise. Soll ich weggehen oder soll ich bleiben ? Meine Neugierde siegt und ich entscheide mich zu bleiben. Vorsichtig schleiche ich mich heran und höre zu. Die Stimme kommt mir bekannt vor. Ich überlege und dann bin ich mir sicher, es ist Doris Haas. Sie spricht mit einer Frau. Doris Haas sagt: „Meine Liebste. Es muss unser Geheimnis bleiben. Wenn das rauskommt, dann sind wir erledigt." Ich schalte mein Smartphone ein, nehme alles auf: " Das ist Sicherheitspolitik auf allerhöchstem Niveau. Es käme einem Staatsstreich gleich, fast wie ein Putsch. Wenn Jemand erfahren würde was wir tun, Dann wäre alles zu ende. Halte Dich sehr bedeckt. Gehe absolut kein Risiko ein. Ich verlasse mich da auf Dich. Ich weiß, dass Du das schaffst, wir haben beide Erfahrung aus DDR Zeiten und wissen wie wir mit Stasi und anderen Gefahren umgehen. Dies sind Peanuts im Vergleich zu dem was wir schon gemacht haben. Die Zukunft von Deutschland hängt an einem seidenen Faden und Du hast ihn in der Hand. Der Erfolg Deiner Operation entscheidet, ob wir weitermachen können so wie bisher oder nicht." Eine tiefe Frauenstimme antwortet: „Doris, Du weißt, dass ich alles für Dich mache und das ich Dich mehr als jeden anderen Menschen auf dieser Erde liebe. Du bist wie meine Schwester, Du bist mein ein und alles und ich werde Dich sicher nicht enttäuschen. Ich werde ihn aus dem Weg schaffen lassen und es wird wie ein Selbstmord aussehen. Keine Angst. Du weißt, dass ich Expertin bin für professionelle Selbstmorde. " Ich schleiche mich vorsichtig weg. Ich kann es nicht glauben. Ein Komplott. Ich weiß zwar nicht genau gegen wen, aber das ist nicht so wichtig. Was ich da gehört und aufgenommen habe ist Gold wert. Ich schicke ein Stoßgebet gen Himmel. Ja, ich bin knallhart, aber gleichzeitig sehr katholisch, so wie die alten Päpste und viele andere Machtmenschen auf Erden. Diese Aufnahme wird mir sicher noch sehr nutzen. Ich werde sie einsetzen, weiß nur noch nicht wann.

Die Gelegenheit ergibt sich dann aber schneller als ich denke.

Einen Monat später bekomme ich einen Anruf aus dem Kanzleramt. Es ist die Sekretärin der Bundeskanzlerin: „ Frau Schmitt. Die Bundeskanzlerin würde gerne diese Woche mit ihnen Kaffee trinken. Würde es ihnen am Mittwoch passen ? Selbstverständlich zahlen wir ihr Flugticket nach Berlin." Ich sage zu für Mittwoch 15 Uhr. „Der Termin ist nicht offiziell und deshalb sollte er unter uns bleiben. Sie sollten nicht darüber reden." „Prima, wird gemacht. Ich kann sehr gut schweigen, wenn es notwendig ist." Pünktlich bin ich am nächsten Mittwoch im Bundeskanzleramt. Ich warte in einem wunderbar gutbürgerlich eingerichteten Raum mit eleganten Details auf Doris Haas. Mit kräftigem Schritt betritt sie den Raum. „Guten

Tag Frau Schmitt, oder darf ich Anna sagen ?" „Ja, natürlich dürfen sie Anna sagen." „Ich werde direkt auf den Punkt kommen. Sie wissen, ich bin direkt, ich kann es mir nicht leisten kostbare Zeit zu verlieren. Ich muss mit ihnen reden über die Zukunft unserer Regierung und damit auch über unseren Öffentlich Rechtlichen Rundfunk. Alles was wir hier besprechen muss unter uns bleiben. Haben Sie verstanden ? Es geht um die Zukunft von Deutschland und von uns. Wir müssen strategisch vorgehen. Es muss einige Veränderungen geben." „Ja, natürlich. „Wie sie wissen ist Silvia Voigt, die Tochter unseres Innenministers die Chefeinkäuferin für das Programm des DOR. Sie leistet hervorragende Arbeit. Wir sind sehr zufrieden. Seine andere Tochter haben wir als Resortleiterin bei unserer wichtigsten Politzeitung untergebracht. Es ist wichtig für uns, dass an den entscheidenden Stellen die richtigen Informationen an die Öffentlichkeit gelangen. Wir haben ja auch zahlreiche Moderatoren und Journalisten in den verschiedenen Resorts und Abteilungen unterbringen können. Manchmal mussten wir Druck ausüben, aber das haben sie ja mitbekommen und wie man mir erzählt hat, wissen sie sogar sehr genau wie das funktioniert. Einige der Vorgänger versuchen uns heute noch zu verklagen, oder schlecht zu machen, aber da müssen wir nun mal durch. Manchmal müssen wir Entscheidungen treffen die nicht einfach sind, einige tun uns auch weh, vielleicht weil Menschen die uns sympathisch sind gehen müssen, aber so ist das halt in der Politik. Keine Tränen vergießen. Es geht immer um die Sache. Den früheren Chefeinkäufer mussten wir in den

Vorruhestand versetzen – er ist uns aber noch immer ein Dorn im Auge. Journalistisch können wir da zum Glück immer wieder gegenlenken. Zur Zeit läuft da übrigens eine Klage gegen ihn, dabei hilft uns das Finanzamt. Anna, wir verstehen uns sehr gut. Politisch liegen wir auf einer Wellenlänge. So wie sie, brauche auch ich Menschen um mich herum, denen ich Vertrauen kann. Noch mehr als alle anderen. Ihr Vorgesetzter ist ein Mann der alten Schule, einer den ich seit Jahren beobachte, der immer nur positiv über mich berichtet. Ich habe sie damals direkt angerufen, weil ich wissen wollte, ob ich mich auch auf Sie verlassen kann. Ich habe gemerkt, dass dies der Fall ist und deshalb brauche ich eine weitere Information von ihnen. Ich möchte Andreas Müller, ihren Chefredakteur als Intendant vorschlagen. Es wird noch ein wenig

gerät. Ich möchte Ihnen diese Aufnahme von der

es selbstverständlich keine Kopie gibt (Natürlich

gibt es sie doch, habe ich längst gemacht) gerne

überreichen. Im Gegenzug dazu, werde ich die

neue Intendantin. Das ist ein Deal von dem wir

beide profitieren werden." Von was reden sie

Kindchen. Von welcher Aufnahme ?" Ich mache

den Lautsprecher von meinem Smartphone an

und spiele ab: ...."Es käme einem Staatsstreich

gleich. Fast wie ein Putsch. Wenn das rauskommt

sind wir erledigt." Doris Haas wird kreidebleich.

Woher haben Sie diese Aufnahme ? Wer hat

Ihnen das Material gegeben ? Frau

Bundeskanzlerin, das hat mir Niemand gegeben.

Ich habe das selbst aufgenommen. Ich war da als

Sie das Gespräch geführt haben. Sie können diese

Aufnahme jetzt bekommen und dass was ich

dafür haben möchte, habe ich Ihnen schon

mitgeteilt. Ich denke es ist ein fairer Deal. Doris Haas geht durch den Raum und setzt sich auf der übergroßen cremefarbenen Couch. Nach zehn Minuten sagt sie:„ Gut, sie können Intendantin werden, aber wie verkaufen wir das in der Öffentlichkeit. Sie haben doch noch nicht genug Erfahrung. Das nimmt uns Niemand ab, schon gar nicht ihre Kollegen, Anna. Die werden sie fertig machen. „ Ich lächle: „Machen Sie sich da mal keine Sorgen. Ich kann mich sehr gut wehren. Ich werde zur Gegenwehr ansetzen und sie werden sich wundern, was alles in mir steckt. Schauen Sie sich meinen Lebenslauf an. Da steht nur zehn Prozent darin von dem wie ich bin und was ich kann. Ich werde die beste Intendantin die sie je gehabt haben und ich werde sehr eng mit Ihnen zusammenarbeiten. Verlassen Sie sich darauf. Sie werden es nicht bereuen." Doris Haas steht auf und ich sage zu ihr: „ Sie können auch gerne eine Nacht darüber schlafen, aber morgen brauche ich eine Antwort. " Doris Haas schaut mich an:„Nein, ich brauche nicht darüber zu schlafen. Meine Antwort ist: ja, sie bekommen den Job. Sie können Intendantin werden, wenngleich ich sie für zu jung halte." Damit hätte ich vor einem halben Jahr wirklich nicht gerechnet. Mein Weg nach Oben an die Macht geht viel schneller als ich dachte. Ich könnte jubeln. „ Frau Bundeskanzlerin. Es ist mir eine Ehre und ich schätze ihr Vertrauen in mein Können sehr." Die Bundeskanzlerin lacht, obwohl es kein echt freundliches Lachen ist, gibt mir die Hand. „So und jetzt duzen wir uns. Ich bin Doris." „Anna" Wir umarmen uns und ich spüre wie die Bundeskanzlerin sich entspannt. „Wir werden jetzt sehr, sehr oft Kontakt haben und uns austauschen, das ist von allergrößter Bedeutung. Ich werde dafür sorgen, dass der Verwaltungsrat dich vorschlägt und Du dann vom Rundfunkrat gewählt wirst. Ich freue mich und gehe davon aus, dass Du in unserem Sinne Programmpolitik betreibst. Wir brauchen Dich dringend, mehr als jemals zuvor, vor allem in der jetzigen Situation. Es wird nicht einfacher werden. Die Welt wird immer komplexer und wir müssen stark sein. Wir brauchen ein gutes Konstrukt, damit wir weiter regieren können und da brauchen wir die Presse mehr denn je. Ich weiß, dass ich mich da auf Dich verlassen kann. Du überwachst die politischen Beiträge. Meine Freundin Silvia Voigt sorgt für schöne Unterhaltung. Sorgen mache ich mir über das Internet. Da ist so viel im Gange, ohne dass wir Einfluss darauf haben. Das gefällt mir nicht. Aber daran arbeite ich gerade. Unser System des öffentlich rechtlichen Rundfunks ist hervorragend. Wir haben Verwaltungsräte, Rundfunkräte, Wir haben die Landesrundfunkanstalten als Gesellschafter unserer Filmanstalt. Die Mehrheit der Bevölkerung glaubt nach wie vor alles sei unabhängig und diese Unabhängigkeit werde überwacht. Aber Du und ich, wir wissen, dass wir das alles leicht beeinflussen können. Mit den richtigen Leuten an den richtigen Stellen brauchen wir uns keine Sorgen zu machen. Deshalb vertraue ich Dir voll und ganz, genauso wie ich den anderen Mitarbeitern vertraue, die mit meiner Hilfe Karriere gemacht haben. Ich hoffe, dass Du das nie vergessen wirst. Falls ja, dann weißt Du auch wie leicht wir Dich fallen lassen können. Sei nicht naiv und versuche nicht gegen uns an zu gehen. Ich erwarte keine

Dankbarkeit, aber ich erwarte Loyalität und Treue und Du weißt was das bedeutet. Du wirst es nicht bereuen, weder finanziell noch sonst. Eigentlich hatte ich mit Andreas Müller vorgestellt, aber je länger ich darüber nachdenke, desto mehr gefällt mir der Gedanke, dass wir beide zusammenarbeiten werden. Ach übrigens, in der Öffentlichkeit werden wir uns sehr neutral verhalten, das ist sehr wichtig. Unsere Treffen sollten immer sehr geheim sein. Ich organisiere das."

Doris Haas steht auf, umarmt mich ein zweites Mal und verlässt den Raum. Sie ist genau aus dem gleichen Holz geschnitzt wie ich und deshalb zeigt sie mir ihre Waffen, auch wenn sie diese jetzt noch nicht benutzt. Sie weiß, dass sie mir niemals 100 Prozent vertrauen kann, sondern das unsere Zusammenarbeit erfolgreich funktioniert, weil wir beide das gleiche Ziel haben: Macht. Es ist ein wunderbares Gefühl an den Hebeln der Macht zu sitzen, zu wissen, dass man nur einen Knopf drücken muss damit die Türen sich öffnen und andere Menschen alles tun, damit es einem gut geht. Jetzt kann ich fast alles haben was ich will. Was für ein wahnsinniges Gefühl. Intendantin. Ja, jetzt endlich fühle ich mich langsam wohl auf meinem Posten. Dass ich den Posten bekommen werde, steht für mich fest, so wie immer feststeht, dass ich bekomme was ich will. Unsere Bundeskanzlerin hat Macht und sie wird sie nutzen den Verwaltungs- und dann den Rundfunkrat zu überzeugen, allein schon in ihrem Interesse. Subtil, das versteht sich von selbst. Aber der Intendantenstuhl ist wacklig. So lange ich darauf sitze muss er stabil sein und ich muss das was mir wichtig ist durchsetzen können. Ich muss den Stuhl stabilisieren. Meine beste Freundin Annika arbeitet als Pressereferentin bei BMW, leitet dort die Presseabteilung. Ich brauche sie jetzt. Ich muss sie vorbereiten. Sie muss die Abteilung Kommunikation beim DOR übernehmen. Meine Stimme muss nach außen hin genauso stark sein wie intern. Annika Schwarz ist perfekt. Sie kommt nicht vom DOR intern. Sie kommt aus einer anderen Firma. Bis jetzt ist keine Verbindung zu mir vorhanden, zumindest nicht in der Öffentlichkeit. Gemeinsam müssen wir eine Strategie entwickeln. So schnell ich Intendantin bin, rufe ich sie an, aber nicht vorher. Sie darf noch nichts wissen.

Die neue Intendantin

Anna Schmitt steht am Fenster ihrer Suite im Adlon in Berlin. Ich werde eine hervorragende Intendantin, dafür werde ich sorgen und gemeinsam mit Doris Haas werden wir regieren. Es ist fantastisch und die Idee wie die Kanzlerin den jetzigen Intendanten früher loswerden möchte ist noch einzigartiger. Jeder hat eine Leiche im Keller und diese Leiche hat die Regierung selbstverständlich längst gefunden. Keiner kümmert sich darum, bis die Leiche wichtig wird als strategisches Mittel. Das ist Part of the Game. Jeder der politisch oder Medienmäßig unterwegs ist kennt diese Regeln und diese Gefahren. Nun, der jetzige Intendant ist verheiratet aber er mag auch Männer. Er war öfter unterwegs im Internet auf einschlägigen Seiten. Das ist längst recherchiert und gespeichert. Jetzt ist es an der Zeit, dass es einer Tageszeitung zugespielt wird. Der Lieblingszeitung der Kanzlerin. Die Zeiten verändern sich, wir werden vieles voranbringen, gemeinsam werden wir die Welt verändern. Gleichzeitig soll verkündet werden, dass das Kindergeld erhöht wird. Wir müssen auch etwas gutes tun für die Bevölkerung. Leise lächle ich in mich hinein. Ich sage schon wir, ich bin schon ein Team mit Doris Haas. Sie mag mich gerne und ich werde dies selbstverständlich nutzen. Wer weiß, vielleicht bin ich die nächste Bundeskanzlerin ? Ruhig, Anna, alles der Reihe nach.

Als ich am Montagmorgen gutgelaunt in die Redaktion komme merke ich sofort, dass etwas nicht stimmt. Andreas kommt mir entgegen. Anna, hast Du gestern unser Europa-Kritisch-Magazin gesehen ? Unsere Sendung mit den

Auslandsreportagen ? „Nein, ich war in Berlin und war unterwegs. Wieso, was ist los ? „Helene, die wir mehr oder weniger auf das Abstellgleis geschoben haben, hat sich offensichtlich in dieser Redaktion beworben und zwar mit einem sehr heißen Thema. Die Redaktion hat das Thema, welches sehr umstritten ist, mit ihr umgesetzt und zwar ohne uns darüber zu informieren. Der Beitrag wurde gestern gesendet. Es gibt viele Reaktionen auf den Beitrag, vor allem aus den Niederlanden. Es geht dabei um ein sogenanntes rundes Haus, welches in einem Naturschutzgebiet in den Niederlanden im Jahre 1904 gebaut und etwa ab 1966 abgerissen wurde. Über dieses Haus kursieren offensichtlich wilde Geschichten und diese hat Helene in ihrer Dokumentation mit Hilfe eines niederländischen Beamten, der aus Furcht davor, dass man ihn umbringen würde, nach Kanada ausgewandert sein soll, aufgearbeitet. Jetzt bekommen wir schon den ganzen Tag Anrufe von Menschen, die etwas ergänzen möchten, Zeitzeugen, die Helene sprechen möchten und solche, die wollen, dass wir den Beitrag sofort aus dem Programm nehmen." Ich verstehe nicht. „Worum geht es da ? „ Andreas redet weiter: „Es soll in dem Haus Orgien gegeben haben, ähnlich wie man sie bei dem belgischen Kinderschänder vermutet hat. Angeblich war einer der ersten, die sich dort regelmäßig aufhielten Prinz Hendrik, der Ehemann von Königin Wilhelmina. Helene hat in dem Film Interviews mit dem Mann in Kanada, beruft sich auf Bücher und Artikel. Aus dem Haus sollen junge Prostituierte nach Deutschland an die Front geschickt worden sein. Reiche Männer der High Society mit Pelzmäntel bekleidet sollen in den zwanziger Jahren dort ein und ausgegangen sein. Schwarz verschleierte Mädchen sollen dort hingebracht worden sein. In mehreren Häusern sollen junge Mädchen gearbeitet haben, als Prostituierte, nicht freiwillig. Sie wurden betäubt, in Schwarz gekleidet und verschleiert, gemeinsam mit ihren Begleiterinnen. So konnten sie in einem Zugabteil unerkannt reisen und es viel nicht weiter auf, dass die Mädchen entführt und betäubt waren. König Willem III soll in seinem Jagdhaus Aardhuis seit 1861 schon solche Mädchen gefangen gehalten und in Schloss de Mokerheide bei Groesbeek sollen solche obskuren Orgien stattgefunden haben, auch das wurde in der Reportage erwähnt. Die Mädchen waren zwischen 10 und 16 Jahren. Sie waren angeblich sehr schön hergerichtet, mit tollem Make Up. Sie hatten hochhackige goldene Schuhe an, konnten aber kaum laufen, weil sie kleine Lotusfüße hatten, man hatte ihnen also die Zehen gebrochen und dann die Füße verbunden. Sie sprachen nicht und deshalb wurden sie Puppen genannt. Sie konnten rund um die Uhr von allen Mitgliedern missbraucht werden und letztendlich wurden sie auch bei größeren Festen von allen Männern die eingeladen waren missbraucht . Hier ging es nur um Sex mit sehr jungen, abhängigen Frauen. Manche trugen Kleidung, andere nur ein Tuch. Die Männer redeten über Geschäfte, während die sogenannten Puppen bei ihnen auf dem Schoß saßen oder vor ihren Füßen auf dem Boden lagen. Man konnte sie mitnehmen in die Zimmer oder mit ihnen mit einer Kutsche in den Wald fahren, was immer man wollte. Die Männer die dorthin kamen redeten nie mit anderen darüber. Sie waren diskret und vor allem wegen ihrer Diskretion und der Zugehörigkeit zum Netzwerk machten sie Karriere. Wer seine Diskretion aufgab und redete, der wurde nicht nur fallen gelassen , seine Karriere endete abrupt und er verarmte. Anton Kröller, Mitgründer der niederländischen KLM soll Prinz Hendrik regelmäßig geholfen haben, wenn er wieder Probleme hatte wegen seiner erotischen Eskapaden, so der Beitrag. In dem Beitrag von Helene geht es um dieses Netzwerk von Angehörigen von Königshäusern, Adel, Bankdirektoren und anderen europäischen einflussreichen Personen, die sich angeblich trafen, Orgien feierten und damals sogar Seehunde in einem Pool abschossen haben sollen." „ Mensch Andreas, das klingt mir sehr nach Verschwörungstheorie, ein Komplott.

Warum wurde dieser Beitrag jetzt produziert und gesendet. Was war der Anlass, der Aufhänger. Das ist doch alles schon so lange her und von keinerlei Nutzen das jetzt zu veröffentlichen ? Andreas nickt. „In dem Beitrag wird auch berichtet über verschiedene Netzwerke von Männern weltweit, die es seit Jahrhunderten gibt. Zum Beispiel der Souveräne Malteserorden, Black Nobility, the Olympians, Illuminati und Bilderberg. Dabei geht es um die zahlreichen Verschwörungstheorien im Internet, ihre Bedeutung und das sogenannte Darknet. Das hat Helene von Haltern in ihrem Beitrag versucht zusammenzufassen und zu erklären. Das war der Aufhänger und es sollte sehr kritisch sein, aber der Schuss ist offensichtlich nach hinten losgegangen. Die Redakteurin, die den Beitrag betreut hat, ist auch sehr jung und unerfahren.

Da haben zwei junge Journalistinnen viel Ärger verursacht. "

Ich kann es nicht fassen: „Andreas, das klingt alles zu verrückt, so etwa kann und will ich nicht glauben. Ein solcher Beitrag wurde tatsächlich gesendet ? „Ja, ich muss zugeben, sie hat den Beitrag wirklich gut recherchiert und in Prinzip über die Geschichte des Runden Hauses berichtet. Sie hat viele letzte Zeitzeugen befragt. Dieses Haus wurde übrigens 1966 abgerissen, obwohl man es eigentlich unter Denkmalschutz hätte stellen sollen, denn es war ein außergewöhnliches Gebäude, architektonisch sehr interessant. Es sieht wirklich so aus, als hätte man Spuren verwischen wollen. „ „Andreas, ich kann kaum glauben, dass eine Redaktion so etwas einkauft. Ich kann mir auch nicht vorstellen, das so etwas gut recherchiert ist. Für mich klingt das nach einer Horrorgeschichte. " In diesem Augenblick klingelt das Telefon. Andreas geht ran. „Ja, einen Augenblick." Er gibt mir den Hörer: „Es ist ein Gespräch für Dich. Es ist Doris Haas." Ich nehme den Hörer...bitte Andreas, lass mich alleine. Er zögert. Noch weiß er nicht, dass ich bald seine Intendantin sein werde.

Doris Haas kommt direkt zur Sache: „Ich habe einen Anruf aus den Niederlanden bekommen von einer Person deren Namen ich nicht nennen kann. Es geht um den Beitrag von dieser Journalistin, dieser... Helene von Haltern." Doris Haas spricht den Namen aus, als rede sie von einem ekligen Insekt. „Dieser Beitrag hat offensichtlich viele alte Wunden offengerissen und es gibt darin Informationen von denen viele Froh waren, dass sie längst in Vergessenheit geraten sind. Jetzt wird alles wieder aufgekocht.

Das darf nicht passieren. Nicht jetzt. Nicht in der aktuellen politischen Situation. Ich brauche Dich in Berlin. Setz Dich in den Flieger."

Ich muss nach Berlin. Offiziell ist es wegen einer Pressekonferenz. Tatsächlich aber bin ich schon am Vorabend da. Ich habe eine Verabredung in einem kleinen Restaurant mitten im Wald. Pünktlich bin ich da. Vor dem Restaurant steht eine gepanzerte Limousine. Frau Schmitt steigen sie ein. Im Wagen sitzt Doris Haas. Sie lässt den Wagen ein Stück fahren, ihn dann stoppen und den Fahrer aussteigen. Der Fahrer geht zum Begleitfahrzeug und raucht eine Zigarette mit seinem Kollegen. Doris kommt sofort zur Sache: Anna, wir müssen Helene von Haltern loswerden, egal wie, aber schnell. Sie hat viele Fakten recherchiert die einigen Menschen nicht gefallen haben. Sie hat offensichtlich gute Informanten, auch innerhalb der Regierung. Wir wissen noch nicht wer das ist, aber wir werden es rausfinden. Ihre Kontakte sind zu gut, sie ist zu klug. Sie bringt Unruhe. Das können wir gar nicht gebrauchen." Doris Haas schaut mich an. „hast Du eine Ahnung wie Du das machst ? Soll ich helfen ? „ „Nein, Doris, das bekomme ich alleine hin. Sie ist eine freie Autorin und es gibt da genügend Möglichkeiten sie loszuwerden. Wenn sie keine Aufträge mehr bekommt, dann wird sie von alleine weggehen. Ohnehin habe ich sie schon ein wenig gestoppt. Mir geht es nämlich so wie Dir, sie ist mir zu ehrgeizig. Eigentlich dachte ich, dass sie schon weg sei, aber sie ist offensichtlich auch nicht so schnell klein zu kriegen. Ich packe es jetzt anders an. Lass mal, das klappt schon." „Gut, ich verlasse mich da ganz auf Dich."

Am nächsten Morgen gibt meine Sekretärin ein internes Schreiben raus. Darin steht, dass Helene von Haltern auf gar keinen Fall in irgendeiner Redaktion innerhalb des DOR, der gemeinsamen anderen Sendern und am liebsten bei gar keinem Sender mit dem wir zusammenarbeiten, beschäftigt werden darf. Anordnung, von ganz oben. Daran sollten sich jetzt alle halten. Da bin ich mir sicher.

Pressefreiheit

Helene sitzt Zuhause auf dem Sofa und heult. Sie ist fertig mit den Nerven. Ihr Arzt hat ihr Beruhigungsmittel verschrieben. „Rahim, ich kann es nicht glauben. Sie hat mich zerstört. Sie hat mich wissentlich und absichtlich zerstört. Ich bin unglaublich wütend, gleichzeitig traurig. Es kann nicht sein. Ich versuche gute Beiträge zu machen. Ich bekomme viel Lob, recherchiere sehr genau, versuche keine Fehler zu machen und bin Ehrlich und als Dankeschön darf ich keine Beiträge mehr machen. Was soll ich tun ? Gute Journalisten werden bei uns kaputt gemacht. Nur die Schafe dürfen noch arbeiten. Es ist kein freier Journalismus mehr, wo ist die freie Meinungsäußerung geblieben ? Gibt es sie überhaupt noch ? Rahim, wir haben so tolle Journalisten, in Deutschland und auch beim DOR aber gerade die guten Journalisten, diejenigen die recherchieren können, die nachfragen und kritisch sind, die sind immer weniger erwünscht. Die werden einfach ausgebootet. Ich habe den Eindruck, dass die meisten Journalisten die für uns arbeiten nur noch eine Art Pressesprecher der Bundesregierung sind. Es ist alles nur noch ein Einheitsbrei. Vor Jahren hat mein Onkel, der wie Du weißt ein bekannter Journalist ist, dies schon vorhergesagt. Er hat das große Zeitungssterben und damit das Ende der gesunden Konkurrenz der Beiträge vorhergesagt und er hat ebenfalls erklärt, weshalb Journalisten immer weniger verdienen und deshalb auch immer weniger kompetent sind. Immer mehr Frauen werden Journalistinnen und das ist auch ein Zeichen dafür, dass der Beruf unterbezahlt wird. Frauen bekommen in Deutschland für die gleiche Arbeit immer noch weniger als Männer und wenn ein Beruf sich zum Frauenberuf entwickelt, dann ist das ebenfalls ein Zeichen dafür, dass der Beruf an Einkommen und auch an Ansehen einbüßt. Daran hat sich nichts geändert. Vor Jahren hatten Journalisten Zeit um etwas lange und ausführlich zu recherchieren. Diese Zeit wird heute nicht mehr bezahlt. Guter, investigativer Journalismus fällt dem Sparzwang bei den herkömmlichen Medien zum Opfer. Das Programm ist inzwischen preiswerter als die Altersversorgung der Mitarbeiter. Das steht in keinem Verhältnis. Die Öffentlich Rechtlichen Sender arbeiten auch immer mehr mit Produktionsfirmen und auch diese bezahlen ihre freien Mitarbeiter meist sehr schlecht. Manche wollen sogar die Rechte der Verwertungsgesellschaften übertragen haben. Und wenn es dann aufs bezahlen ankommt, ist es nicht selten so, dass die Firmen inzwischen bereits pleite sind. Ja, auch das gibt es. Die Produktionsgesellschaften verstecken sich dann hinter dem Argument, dass der DOR noch nicht gezahlt hätte und so wartet man manchmal monatelang auf sein Geld. Ja, genau das ist meiner besten Freundin passiert. Jetzt hat sogar diese neue Redaktion mich ins Abseits gestellt und gesagt, dass sie kein einziges meiner recherchierten Themen mehr einkaufen. Das ist Absicht. Ich weiß nicht was ich tun soll." Helene schnäuzt sich die Nase. Rahim nimmt sie in den Arm „Liebste, Helene, mein Schatz, ich weiß, dass Du Journalistin mit Leib und Seele bist, aber es gibt noch andere Möglichkeiten. Schaue Dich um, vielleicht wirst Du bald ganz andere Dinge machen."

Einige Monate später hat Helene sich gefangen. Sie hat kleine Ersparnisse von denen sie jetzt sparsam lebt, Rahim hilft ihr und sie genießt die Ruhe, die langsam in ihrem Kopf einkehrt. Helene von Haltern hat inzwischen ein eigenes Journalistennetzwerk gegründet. Mit Perfect ! will sie die Wahrheit zurückbringen und unabhängig über all die Dinge berichten, die in den gängigen Medien für die sie jetzt nicht mehr arbeiten darf, keine Beachtung finden. Sie hat wenige gute Journalisten , um sich herum versammelt, die so wie sie noch an den Beruf glauben und die Welt verbessern möchten. Erste kleine Beiträge hat sie bereits im Internet veröffentlicht. Davon leben kann sie noch nicht, aber es geht aufwärts. Vor allem macht es Helene glücklich, dass sie wirklich berichten darf, über all die Dinge die sonst untergehen würden. Sie gibt in ihrem Internetforum eine andere Sichtweise auf vieles, auch auf die Politik. Für Helene steht fest: „Wir können es uns nicht mehr leisten keine außergewöhnlichen Gedanken zu entwickeln. Vielleicht gibt es einige sogenannte „Conspiracy Theories" aber sogar diese sollten wir beachten. Es ist unglaublich dumm, nicht außerhalb der Boxen zu denken, zu recherchieren und nachzufragen. Die Welt hat sich vollständig verändert und mit ihr der Informationsfluss und auch der Journalismus. Es gibt keinen gefestigten Journalismus mehr, der starr ist und sich nicht verändert. Der Ertrinkende klammert sich fest an etwas, was schon längst verloren ist. Nur derjenige der den Mut hat anders zu denken wird überleben." Solche Sichtweisen veröffentlicht sie in ihrem Blog. 200.000 Menschen sehen die Seite regelmäßig. Vor allem über diese Sätze hat Helene lange nachgedacht: „Wir müssen uns global organisieren. Steuerhinterzieher, Drogenhändler, Sextourismus, internationale kriminelle Organisationen haben sich längst weltweit organisiert. Auch der Journalismus muss sich global organisieren, es müssen grenzüberschreitende Netzwerke eingerichtet werden. Stattdessen hört die Berichterstattung der herkömmlichen Medien an den Landesgrenzen auf. Das kann so nicht weitergehen. Deshalb müssen wir handeln und neue Informationsmöglichkeiten nutzen und gründen."

Als Helene im Stadtpark auf einer Bank sitzt und eine halbe Stunde lang die Sonne genießt, bevor sie wieder in ihr Büro geht, klingelt ihr Handy. „Hallo, hier spricht die Sekretärin von Antonio Antoniousis. Spreche ich mit Helene von Haltern ?" Helene ist überrascht, sie hat von dem sehr reichen Geschäftsmann, der auch politisch aktiv ist gehört, was kann er von ihr wollen: Ja, ich bin am Telefon, worum geht es „ „Ich möchte Ihnen ein Angebot machen hinsichtlich ihres Journalistennetzwerkes Perfect !. Ich habe gehört sie haben da gerade mit angefangen und haben schon ein kleines Journalistenteam aufgebaut. Wir würden ihnen gerne helfen mit unserer Stiftung und somit mit finanzieller Unterstützung. Herr Antoniousis würde sie gerne treffen. Leider kann er nicht nach Deutschland kommen, aus zeitlichen Gründen. Deshalb würden wir ihnen gerne ein Flugticket nach London bezahlen und sie hier in London treffen. Wäre das möglich? Helene muss kurz tief durchatmen: „Ja, selbstverständlich wäre das kein Problem. Ich freue mich." „Prima, wann passt es ihnen. Nächste Woche vielleicht ? Dienstag ? „Ja, Dienstag ist prima. Gut, ich schicke Ihnen unsere Adresse per SMS, sowie die Daten des Tickets. Wir freuen uns auf sie." Helene schaut ungläubig auf das Display ihres Handys. Diesen Anruf hatte sie nicht erwartet.

Antonio Antoniousis sitzt gegenüber von Helene auf einer großen gemütlichen Couch. Nicht am

Schreibtisch, sondern leger. Er benimmt sich, als sei Helene eine Freundin. Auf dem Tisch eine Etagere mit kleinen Köstlichkeiten und einer Kanne Tee. Sein Empfangszimmer ist gigantisch und teuer eingerichtet mit goldfarbenen, schweren Samtvorhängen und echter Kunst an den Wänden und auf Säulen. Nennen sie mich Antonio. Bitte lassen sie mich erzählen.

„Es ist auf dieser Erde ungerecht verteilt und es wird immer ungerechter. Wer nichts hat der kämpft ums Überleben. Wer viel hat braucht sich keine Sorgen zu machen, so denkt man. Der wirkliche wohlhabende Mensch, freut sich aber nicht darüber, wenn er noch mehr bekommt, sondern er macht sich mehr Sorgen, weil er Angst hat alles zu verlieren. So sind die meisten Menschen gestrickt. Leider. Viele von uns Reichen haben jetzt auch Angst, ihr Geld den

Banken anzuvertrauen. Die wirklich superreichen machen dies ohnehin schon lange nicht mehr. Wir sind dabei unsere eigenen Banken zu gründen, Banken abseits der normalen Geldströme. Familienunternehmen, die dafür sorgen, dass Kapital mit 25 Prozent und mehr pro Jahr wächst. Normale Banken investieren nicht mehr in reale Projekte. Es ist kaum mehr möglich um Kapital zu bekommen für ein Projekte Es wird investiert in Luftblasen. Das muss sich ändern, sonst sind wir am Ende unseres Wirtschaftssystems. Überall ist Verfall, viele gutflorierende Wirtschaftsländer haben total runtergekommene Schulen und Straßen. Schauen sie, auch bei Ihnen in Deutschland floriert die Wirtschaft, die Steuereinnahmen sprudeln, aber es ist kein Geld da für einen modernen Schulunterricht, für Computer, für hochkarätige Kunst- oder subventionierte Musikvorstellungen für die Bürger. Die meisten Menschen mit Kindern können es sich kaum leisten in eine Opernvorstellung zu gehen oder gar die Berliner Philharmoniker zu sehen. Und was passiert ? Ihre Journalisten reden der Regierung nach dem Mund, sie sind eine unkritische Herde von Mitläufern geworden. Es wird sich nichts verändern, so lange nicht nachgedacht wird. Denken, das ist das wichtigste und mutigste und gleichzeitig wird es für viele immer schwerer. Wir dürfen es uns nicht mehr leisten, andere für uns denken zu lassen. Wir müssen selbst denken. Deshalb möchte ich sie unterstützen Helene. Ich habe ihren Lebenslauf gelesen, habe die Berichterstattung über sie im Internet verfolgt. Es tut mir leid was mit ihnen geschehen ist, aber ich musste auch lachen, denn es passt zu ihnen. Sie sind anders als die Menschen, die sie beim Sender rausgeschmissen haben. Helene, sie passen nicht mehr in dieses gängige System. Sie sind ehrlich, sie wollen die Welt verbessern und genau das möchte ich auch. Unsere Welt, so wie sie jetzt ist, wird von Lügen, Skandalen und Intrigen beherrscht. Viele unserer Politiker sind Marionetten, die wir spielen lassen. Helene, ich komme auf den Punkt. Wir möchten ihnen helfen und sie finanziell unterstützen mit ihrem investigativen Journalismus Projekt. Wir werden sie finanziell unterstützen, aber es werden verschiedene Stiftungen sein, damit es nicht zu sehr auffällt. Wir sind inzwischen eine Gruppe von mehreren Milliardären die diese Welt verbessern.“

Helene unterbricht: Ja, aber es gibt viele Gerüchte, sie würden eine neue Weltordnung vorbereiten und wenn Sie von wir sprechen, wen meinen Sie. „ Antonio Antoniousis nickt: „Ja, vielleicht gibt es diese Gerüchte. Die stimmen nicht ganz, obwohl eine neue Weltordnung durchaus wichtig wäre. Schauen sie sich doch die Welt an. Schauen sie sich unsere Politiker an. Es geht nur um Macht und um Power. Manche die längst wissen, dass sie ihre Macht verloren haben versuchen im letzten Augenblick noch böses zu tun, Dinge zum negativen zu verändern, nur um dem anderen zu ärgern. Manche nehmen Krieg und sterbende Menschen, flüchtende Menschen in Kauf, nur um ihre Interessen durchzusetzen. Das darf nicht sein, aber gleichzeitig tun wir vieles , damit wir finanziell noch stärker werden und es tatsächlich umsetzen können, damit unsere Welt besser wird. Es ist allerhöchste Zeit. Die Welt gerät mehr und mehr aus den Fugen. Überall auf der Welt sind Menschen auf der Flucht. Gleichzeitig wächst die Weltbevölkerung immer mehr, auch das ist ein Problem. „ Helene unterbricht erneut. Herr Antoniousis : „Sie haben die Bankenkrise und die Pleite Griechenlands haben dazu benutzt noch reicher zu werden. Sie haben Obligationen aufgekauft, die einen Papierwert von 100 Millionen hatten, diese waren zu Zeiten der Krise dann nur noch vielleicht 5 Millionen Wert."

Ja das ist korrekt, erklärt Antonio Antoniousis: „Die Europäischen Steuerzahler haben uns auf diese Art Milliarden Euro geschenkt. Die Politiker wissen das. Sie haben das Spiel mitgemacht, weil sie keine andere Wahl haben. Sie haben nicht aufgepasst. Aber dies ist erst der Anfang. Es wird weitergehen. Und an jeder Krise verdienen wir gut. Das dürfen sie ruhig wissen, denn es ist allgemein bekannt. Sollte der Euro wirklich fallen, dann wäre das für uns das allerbeste Geschäft, welches man machen kann, dann verdienen wir erst richtig viel Geld und der Euro wird fallen, dafür werden wir sorgen. Bitte Helene, verstehen Sie mich nicht falsch. Wir wollen die Welt nicht zerstören, sondern wir möchten sie verbessern und dafür braucht es eine neue Weltordnung mit Menschen die denken und Menschen die Mut haben. Deshalb möchten wir Sie unterstützen, denn wir brauchen Menschen wie sie."

Im Flugzeug unterwegs von London nach Düsseldorf denkt Helene über das Angebot nach. Mit der Hilfe der Best World Foundation und anderer Stiftungen könnten Blog, Webseite und der Youtube Channel Perfect ! zu einem einflussreichen Medium werden. Alles in englisch und übersetzt in mehreren Sprachen mit internationalen Mitarbeitern. Helene möchte diese Herausforderung annehmen, dass steht für sie fest. Zuhause wartet Rahim schon auf seine Lebensgefährtin. „Und ? „ „Es war ein gutes Gespräch und ich habe unterwegs entschieden es zu machen. Ich werde die Hilfe annehmen. Er möchte auch gar keine Gegenleistung haben, hat mir freie Hand zugesagt zu den Themen und auch zur Berichterstattung. Es wäre das erste Mal, dass ich frei berichten kann, ohne irgendwelche Vorgaben. Wie toll ist das denn? „ Rahim umarmt Helene. „Schatz, ich freue mich für Dich und sich sehe, dass Du glücklich bist. Das ist für mich das wichtigste.“

Im Haifischbecken der Hauptstadt

Ich eile zur Bundespressekonferenz. Nur geladene Journalisten sind willkommen. Bei der Auswahl wird sorgfältig selektiert. Helene hat keine Einladung erhalten. Aus Platzgründen können nicht alle berücksichtigt werden, das ist die offizielle Version. Tatsächlich aber werden kritische Fragesteller nicht eingeladen. Bundeskanzlerin Doris Haas mag nämlich gar keine kritischen Fragen, schon gar nicht von Medien die sie nicht beeinflussen kann. Bei Journalisten ist bekannt, dass nur diejenigen, die sich an die Vorgaben der Kanzlerin halten immer wieder eingeladen werden. Ich werde als Intendantin an einer Podiumsdiskussion teilnehmen. „ Einfluß neuer Medien auf den politischen Journalismus", das ist das Thema. Selbstverständlich werde ich nur positives über unsere Regierung und unseren Medien beitragen. Das Helene jetzt ein Internetmedium Perfect ! gegründet hat und damit sogar Erfolg hat gefällt mir ganz und gar nicht. Ich dachte wir wären diese Helene von Haltern los und jetzt ist sie plötzlich wieder da und zwar schlimmer als zuvor. Sie will Misstände aufdecken und unabhängig berichten. Genau das kann sie gar nicht, denn sie wird von der Best World Foundation und von der niederländischen Aggabe Stiftung unterstützt. Unter anderem. Ich werde sie heute fertigmachen und das sie nicht dabei sein kann, ist um so besser.

Vor der Konferenz mahnt Doris Haas ihren Pressesprecher. „Bitte, keine kritischen Fragen heute. Ich werde meine Rede halten und danach möchte ich nicht mehr viel sagen. Ich will keine neuen Türen öffnen. Wer diskutieren möchte, kann das tun in einer Diskussionsrunde. Vielleicht in der von Anna Schmitt." Doris Haas tritt ans Pult und ordnet ihre Unterlagen. Dann legt sie los, gegen den neuen US Präsidenten, gegen die Parteien in Europa die ihr an den Kragen wollen, gegen Politik die ihr nicht gefällt.

Helene sitzt vor der Kamera und kommentiert für ihren YouTube Channel: „Diktatoren behalten ihre Macht indem sie vor allem drei Dinge tun. Sie sorgen dafür, das dass Bildungssystem veraltet, geben kein Geld aus für Bildung und Schulen. Sie sorgen dafür, dass die Mehrheit der Bevölkerung kaum mehr Zugang hat zu Kunst und Kultur, sie schaffen Subventionen ab für Veranstaltungen, Museen und Konzerte und sie sorgen dafür, dass die Medien zu der die Masse Zugang hat, einseitige Informationen und volksverdummende Unterhaltung zeigt. Warum haben wir so verblödendes Fernsehen ? Warum greift Niemand ein ? Warum müssen das die Menschen sehen. Unterforderung, das ist Fernsehen, so ist es aufgebaut. Noch nie habe ich einen Fernsehchef getroffen der klüger ist als sein Programm: Das versteht der Zuschauer nicht, das versendet sich – Für wie blöd hält man unsere Zuschauer. Als ich noch für DOR arbeitete habe ich das so oft gehört. Es ist arrogant so zu denken. Hier im Internet bei Perfect! ist Schluss damit. Unsere Zuschauer und Hörer kommunizieren mit uns. Wir möchten, dass sie nicht nur empfangen, dass sie nicht nur konsumieren, sondern, dass sie mitmachen und uns beliefern mit ihren Erfahrungen, Ideen, Kommentaren. Bertolt Brecht hat sich dies schon vor über 50 Jahren gewünscht. Wir haben jetzt die technischen Mittel und wir setzen es deshalb um. Hier bei uns, bei Perfect! Wir möchten, dass sie selbst nachdenken, dass sie die Wahrheit erfahren und dann entscheiden, was für sie das richtige ist. Der Öffentlich rechtliche Rundfunk befindet sich im Besitz von Kapitaleignern. Perfect ! Gehört ihnen, der Bevölkerung. Hans Magnus Enzensberger hat es damals so formuliert: *"Der Rundfunk ist aus einem Distributionsapparat in einen Kommunikationsapparat zu verwandeln. Der Rundfunk wäre der denkbar großartigste Kommunikationsapparat des öffentlichen Lebens, ein ungeheures Kanalsystem, d.h., er würde es, wenn er es verstünde, nicht nur auszusenden, sondern auch zu empfangen, also den Zuhörer nicht nur hören, sondern auch sprechen zu machen und ihn nicht zu isolieren, sondern ihn in*

Beziehung zu setzen. Der Rundfunk müsste demnach aus dem Lieferantentum herausgehen und den Hörer als Lieferanten organisieren." Das war ein Zitat. Und weiter hat er in seinem Kursbuch 20, im Jahre 1970 geschrieben: „Ein unmanipuliertes Schreiben, Filmen und Senden gibt es nicht. Die Frage ist daher nicht, ob die Medien manipuliert werden oder nicht, sondern wer sie manipuliert. Ein revolutionärer Entwurf muss nicht die Manipulateure zum Verschwinden bringen; er hat im Gegenteil einen jeden zum Manipulateur zu machen. ....In der heutigen Gestalt dienen Apparate wie das Fernsehen oder der Film deswegen nicht der Kommunikation sondern ihrer Verhinderung. Sie lassen keine Wechselwirkung zwischen Sender und Empfänger zu: technisch gesprochen, reduzieren sie den feedback auf das systemtheoretisch mögliche Minimum." Deshalb haben wir uns für das Internet entschieden. Wir möchten, dass jeder mitmacht und uns beliefert. Gemeinsam werden wir die Welt verändern. Gemeinsam mit Ihnen unseren Zuhörern und Zuschauern. Bei uns sind sie nicht Teil einer Herde, die kommentarlos Zuhause auf der Couch seine Meinung dazutun darf, sondern bei uns sind sie diejenigen, die die Öffentlichkeit bestimmen. Wir bei Perfect ! kommen zu Ihnen, wir schauen und an wie sie leben und wir hören uns ihre Probleme an. Eine bessere Welt, mit besseren Schulen und Universitäten und Zugang für alle, weniger Gewalt und Einbrüchen, mit Jobs für alle. Das ist unser Ziel. Ich formuliere es nach Wilhelm Reich so: Nicht, dass der Hungernde stiehlt und der Ausgebeutete streikt, ist zu erklären, sondern warum die Mehrheit der Hungernden nicht stiehlt und die Mehrheit der Ausgebeuteten nicht streikt. „ In diesem Sinne wünsche ich allen eine gute Nacht." Helene schaltet die Kamera aus und lehnt sich entspannt zurück. Ihre neue Arbeit gefällt ihr sehr gut. Sie kann tun und lassen was sie möchte und bekommt viel positive Resonanz. Inzwischen fast 1 Million Clicks. Antonio Antoniousis unterstützt sie finanziell. Er hat Wort gehalten und lässt ihr freie Hand. Auch die Familie Peeters, eine der reichsten Philantrophen Familien der Niederlande, die ihr Vermögen in ihre Stiftung Aggabe investiert hat, hilft dem Netzwerk. In den Niederlanden sind sie die großzügigsten Geldgeber für soziale Zwecke und Menschen in Not. Vor dem Spiegel übt Helene den Text für morgen: „Die Menschen sind so dumm wie das Programm ihrer Fernsehsender. Jedes Volk bekommt die Regierung, die es verdient. Aber wenn es nur einige wenige Sender gibt, die man in Deutschland und anderen Ländern über Kabel sehen kann, dann hat das Volk keine Wahl. Wenn es andere Dinge sehen und hören möchte, dann muss es aufs Internet zurückgreifen. Schon seit über zehn Jahren wird über die Qualität des Fernsehens diskutiert und schon seit dieser Zeit wenden sich mehr und mehr Menschen von den gängigen Medien ab." Helene ist zufrieden. Der Text klingt gut. Sie hat ihn selbst geschrieben. Am nächsten morgen ist Helene entsetzt. „Rahim, ich kann es nicht fassen: Die Politikerin Carola Bäumer ist nach über 40 Jahren aus ihrer Partei ausgetreten, weil sie kein Vertrauen mehr in die Politik hat und die Flüchtlingspolitik der Bundesregierung ablehnt. Sie wirft der Bundeskanzlerin Doris Haas sogar Rechtsbruch vor und sagt, dass die

Grenzöffnungen für Flüchtlinge gegen geltendes Recht verstoßen haben. Hunderttausende seien ohne Pässe oder Identifikationspapiere in unser Land hineingekommen. Monatelang seien Menschen vollkommen unidentifiziert eingereist und würden jetzt für gigantische Probleme sorgen. Hineingekommen mit Busse und Bahnen ins Land, keiner wisse woher sie tatsächlich gekommen seien. Es sei sogar eine gewollte Maßnahme gegen unsere gesetzlichen Regelungen und entgegen EU-Verträge. Und jetzt wisse man, dass die Bürger die schon damals Kritisch waren Recht hatten. Hör Dir das an, das ist ihr Interview: „Es sind viele mit gefälschten Pässen oder sogar ganz ohne Papiere aus den Maghrebländern gekommen, die sich als syrische Flüchtlinge ausgegeben haben. Sie hatten die neuesten Handys dabei aber keine Pässe.

Journalisten haben damals darüber berichtet und festgestellt, dass die Flüchtlinge so ruhig waren. Sie redeten nicht, wie ein Grabeszug. Aber tatsächlich haben sie nicht geredet, damit sie nicht auffallen anhand ihres Akzentes. Tausende der Menschen, die Pässe mitführten, hatten gefälschte Pässe, das hat man später festgestellt. Normalerweise steht darauf eine Haftstrafe von bis zu fünf Jahren, aber diese Menschen wurden nicht festgenommen, sondern über die Bundesländer verteilt. Dass mit den Flüchtlingen auch viele Terroristen gekommen sind, haben die verschiedenen Anschläge jetzt gezeigt. Doris Haas hat damit Deutschland geschädigt. Die Sicherheit, aber auch die Kultur sind gefährdet. Nicht überprüft sind monatelang eine Million Migranten ins Land eingereist. Aber auch jetzt noch reisen sie ein, zehntausende jeden Monat.

Sie kamen aus anderen Europäischen, also sicheren Herkunftsländern und hätten nach dem Dubliner Abkommen erst gar nicht in Deutschland einreisen dürfen und schon gar nicht ohne sich identifizieren zu können. Tausende Flüchtlinge, die tatsächlich aus den Maghrebländern kamen haben sich selbst als Syrer und Iraker eingestuft. Asylbetrug wurde Tür und Tor geöffnet. Jetzt wird man sie nicht mehr los, weil die eigenen Länder ihre Kriminellen nicht mehr zurücknehmen möchten. Die sind froh, dass sie weg sind, ab nach Deutschland ins größte Freiluftgefängnis mit Freigang in der Welt. Und wie ist die Situation jetzt ? Hunderttausende leben noch immer in Turnhallen, werden von aufopferungswilligen, ehrenamtlichen Helfern betreut. Sie haben nichts, aber sie versuchen sich etwas zu nehmen, damit es ihnen besser geht.

Diebstähle, Ladendiebstähle, Einbrüche, Betrügereien. Die Sicherheitslage in Deutschland ist massiv gefährdet. Das BKA warnt vor weiteren Anschlägen, davor dass sogar Giftgas eingesetzt und Trinkwasser verseucht werden könnte. Wo ist die Sicherheit im eigenen Land ? Das Vertrauen in den Rechtstaat ist dahin und das ist erst der Anfang. Wer falsch parkt bekommt ein Knöllchen und das wird eingetrieben, aber wer vorsätzlich mit falschen Ausweißpapieren nach Deutschland einreist bekommt keinerlei Strafe, im Gegenteil bekommt finanzielle Unterstützung und manchmal sogar für mehrere Personen, weil er mehrere Identitäten besitzt. Auch da gilt: wenn derjenige erwischt wird hat er keinerlei Sanktionen zu befürchten." Das sind die Worte einer christlichen Politikerin. Es ist kaum zu glauben, dass sie sich traut das zu sagen." Helene schüttelt mit dem Kopf. „Carola Bäumer hat noch weitere Kritik weshalb sie ausgetreten ist: Bei der Einführung des Euro wurden den Deutschen und dem deutschen Bundestag versprochen, dass kein Euroland finanziell für ein anderes einstehen müsse. Das wurde sogar in Europäischen Verträgen verankert. Doch was wurde gemacht ab 2010 ? Euro Rettungspakete über 700 Milliarden Euro wurden eingegangen.

„Helene sitzt wieder vor ihrer Kamera für den YouTube Channel:„Heute erzähle ich von der Sicherheitslage in Deutschland. Ich habe einige Emails von Zuhörern bekommen. Hier schreibt mir eine junge Frau aus Darmstadt, dass sie glaubt, dass es schwierig werde die Menschen aus anderen Kulturkreisen in Deutschland zu integrieren, zu unterschiedlich seien ihre Wertvorstellungen und ihre Ansprüche. 20

Milliarden Euro im Jahr würde diese Integration kosten. Sie lebt von Hartz 4 und hat manchmal am Ende des Monats nur noch Kartoffeln und Nudeln die sie essen kann. Sie kann nicht arbeiten, weil sie behindert ist. Unsere Lebensweise wird beeinträchtigt, wenn zehntausende Kleinkriminelle und Straßenräuber sich aus ihren Ländern aufmachen um in Deutschland zu leben. In der letzten Kriminalstatistik ist die Zahl der tatverdächtigen Ausländer um fast 13 Prozent gestiegen. Die politische Rücksichtnahme ist das schlimmste was einem Journalisten passieren kann. Der Journalist hat zu berichten und nicht Politik zu betreiben. Wichtig ist das ich als Journalist wahrnehme was ein Politiker tut, ob ich ihn sympathisch findet spielt keine Rolle. Das ist das Problem der journalistischen Berichterstattung über den amerikanischen und anderen Präsidenten. Journalisten berichten nicht mehr, sondern lassen ihre Sympathien spielen. Ein Journalist soll erklären, aber nicht Politik machen. Heutzutage gibt es zu viele Journalisten die das nicht mehr können. Sie machen Politik, statt unabhängig zu erklären. Sie versuchen den Zuschauern zu belehren, sie geben ihre Meinung wieder. Das hat nichts mit Journalismus zu tun, sondern mit lehrerhafter Besserwisserei . Zuschauer sollen bestimmte Meinungen erst gar nicht zu hören bekommen, weil sie sich ansonsten in eine andere politische Richtung orientieren könnten. Der Beifall wird gesteuert und er wird im Studio sogar vorgeklatscht. Ungesteuerter Beifall für Meinungen die man nicht haben möchte – diese Gefahr soll es erst gar nicht geben. Deshalb werden in Talkshows auch immer die gleichen Gäste eingeladen. Wenn in Leadsätzen von renommierten Talkshows Fragezeichen verarbeitet werden, die etwas suggerieren sollen, dann erinnert das an Boulevardjournalismus. Keiner der das beanstandet. Das Problem. Die gängigen Medien werden nicht mehr als ehrliche Quellen akzeptiert. Sie müssten wieder einen Zugang finden, zu den Menschen, die sich von Ihnen abgewandt haben, das geht nur, wenn man auf sie zugeht, aber genau das passiert nicht. Nur hier bei Perfect ! kommen Sie zu Wort. Das BKA hatte schon vier Jahren vor der großen Flüchtlingswelle davor gewarnt, dass IS Terroristen als Flüchtlinge getarnt nach Deutschland einschleusen würde. Weshalb hat man dann so viele ohne strenge Kontrolle hineingelassen?. Journalisten dürfen nur berichten, was in das gängige Denkschema passt, alles was darin nicht vorkommen darf, wird von vornherein eliminiert. Das ist keine Zensur von oben, das ist eine Angstkultur, die das alles regelt. Die Redakteure suchen das aus, wovon sie denken, dass es in das Programm passt, in das Programm von dem sie denken, dass es gut ist. Regelmäßig werden die Redakteure zu Schulungen zitiert, wo sie sich dann ihre Anweisungen abholen, so funktioniert das Programm von oben nach unten. Der Rundfunkrat steckt in der Tasche des Intendanten. Eine Gesellschaft kann sich freier fühlen, je mehr Menschen sich akzeptiert fühlen. IN Deutschland fühlen sich zur Zeit viele Menschen nicht akzeptiert und verstanden, nicht einmal berücksichtigt. Aber hier bei uns, bei Perfect ! dürfen sie alles sagen. Bitte schreiben sie eine Mail oder klicken sie. Wir sind für Sie da.“

Helene schaltet die Kamera aus. Sie ist überaus zufrieden. Perfect ! wird mehr und mehr angeklickt.

Die Bühne der Welt

Während ich bei Ingmar meinen Döner esse unterhalte ich mich mit Ihm gerne über Politik. Ingmar hat viel Lebenserfahrung, er bewegt sich in verschiedenen Kulturen und er hört alles, was der Mann auf der Straße sagt. Seine Worte sind Gold Wert. Mit Hilfe von Ingmar bin ich Doris Haas immer einen Schritt voraus und sie legt inzwischen viel Wert auf meine Meinung. Mit viel Fingerspitzengefühl bereite ich sie vor, mir zuzuhören und ich kann meine Überlegungen mit einzubringen in ihren Entscheidungen. Doris Haas ist intelligent und klug, aber vor allem ist sie auch sehr Extrovertiert und Eitel. Sie wirkt nicht so, aber das ist ihre Taktik. Die Mutter der Nation. So hat sie Karriere gemacht und deshalb spielt sie seit langem in der Führungsriege der Welt mit. Jetzt gibt es in den USA einen neuen Mitspieler, einen den Niemand so richtig einschätzen kann, denn er kommt nicht aus ihren eigenen Riegen, er gehört nicht zu ihrem Establishment und das macht ihn so unberechenbar. Für mich ist das ein leichtes Spiel, denn sie vertraut mir jetzt und deshalb hört sie mir zu. Wir möchten mehr und mehr die Kontrolle behalten. Deshalb versuchen wir beim Öffentlich Rechtlichen Rundfunk auch immer weniger Journalisten zu beschäftigen, immer weniger Themen einzukaufen. So sparen wir Geld und dumme Fragen. Das Programm wiederholt sich, aber das ist gut so. Was sich wiederholt bleibt in den Köpfen hängen und je weniger recherchiert wird, desto kleiner ist die Chance, dass Details an die Öffentlichkeit gelangen, die nicht veröffentlicht werden sollen. Mein Smartphone klingelt. „Ja, ist in Ordnung. Ich schicke Ihnen die Adresse." Ich bestelle mir noch einen weiteren Döner. Den kann ich jetzt gut vertragen. Eine Stunde später steht Antonio Antoniousis vor dem kleinen Tisch in der Dönerbude. Antonio ist mein bester Freund, aber Niemand weiß es. „Wir sind kurz vor unserem Ziel, Anna. Bald werden wir unsere Veränderungen durchführen. Es ist Chaos in der Welt und der neue amerikanische Präsident hilft uns mehr als wir es hätten erwarten können. Er macht seinen Job ganz hervorragend. Anna, ich erwarte von Dir, dass Du alles im Griff hast bei den Medien und dass Du unsere gemeinsame Freundin bei Laune halst. Bald ist es so weit. Es dauert kein Jahr mehr, sei vorbereitet. Helene leistet auch hervorragende Arbeit, sie informiert alle die anders denken." Ich lächle: „Ja, ich freue mich auf den Tag, an dem ich Helene die Wahrheit erzähle. Entweder sie springt mir an die

Gurgel oder wir werden wirkliche Freundinnen. Sie ist ebenso wie ich aus dem gleichen Holz geschnitzt, wie auch Doris Haas. Powerfrauen eben. Sie denkt wir arbeiten gegeneinander, aber tatsächlich arbeiten wir für den gleichen Mann, für die gleiche Organisation. Antonio Antoniousis hat viele Fäden in der Hand. Er gehört zu der kleinen, feinen Riege der Mächte, die unsere Welt verändern werden. Neue Strukturen, neue Energien, eine neue Weltmacht wird entstehen und zwar schon sehr bald." Mit unserer Hilfe sind auch die radikaleren, rechtspopulistischen Parteien stärker geworden. Wir haben die Talkshows organisiert, in denen sie teilweise Gast waren und in denen über sie hergezogen wurde. Mit unserer Hilfe hat die Öffentlichkeit den Eindruck bekommen, dass es gängige Mainstream Medien gibt, die Lügenpresse und die alternative Presse, die etablierten Parteien gegen die Rechtspopulisten. Wir haben uns selbst schlecht gemacht, um die anderen stärker zu machen. Wir haben unsere eigenen Talkshows so fantastisch besetzt – wie im Theater. Unsere Akteure sind die Politiker und Gäste, die sich gegenseitig fertig machen, oder auch nicht und pseudodiskutieren und unsere Zuschauer fallen darauf rein. Ich behalte immer die Macht darüber, wer kommen darf und wer nicht und wer wieder eingeladen wird. Die besten Akteure kommen immer wieder. Wer seine Rolle nicht spielt wird einfach nicht mehr eingeladen. Viele Talkshows mit den gleichen Gästen. Quantität statt Qualität. Brainwashing. Das funktioniert heutzutage in einer Zeit in der praktisch alles an die Öffentlichkeit gerät. Nur müssen wir halt immer wieder gegenwirken, damit die

Rechtspopulisten nicht zu groß werden. Gleichzeitig lenkt diese Diskussion auch immer sehr schön ab von unseren wirklichen Intentionen und unseren wirklichen Problemen. Unsere Globalisierung der Macht. Die neue Weltordnung. Jetzt stehen wir kurz davor und ich bin glücklich, dass ich ein Teil dessen bin. Doris Haas lade ich dann zu einem Einzelinterview ein, aber auch da bestimme ich die Richtung des Gespräches, ohne das sie es merkt, denn sie vertraut mir. Mit Helenes Hilfe erreichen wir jetzt alles. Die durchschnittlichen Zuschauer der öffentlich rechtlichen und gängigen Medien sind 63 Jahre alt und älter. Wir servieren ihnen kitschige Filme, Wiederholungen und ab und zu unsere schönen Talkshows. Wir haben immer weniger erfahrene und gute Mitarbeiter. Wir beuten sie aus, machen ihnen Angst, lassen sie zappeln, damit sie um ihren nächsten Job betteln. Helene ist jetzt im Internet aktiv mit ihrem YouTube Channel. Sie erreicht die anderen Zuschauer und zwar auf eine moderne Art und Weise. Diese Generation denkt anders und deshalb muss man sie anders erreichen. Ihnen die Möglichkeit bieten Kritik auszuüben und ihnen den Eindruck vermitteln sie würden mitdenken dürfen. Das Internet haben wir nicht im Griff, deshalb müssen wir dafür sorgen, dass dort solche Menschen wie Helene von Haltern aktiv sind, damit uns die junge Generation nicht völlig entgleitet.

Bei den Tagesnachrichten haben wir vor vier Wochen einen weiteren neuen jungen Mitarbeiter eingestellt: David Becker. Er war Mitarbeiter der Redaktion einer kleinen Lokalzeitung. Dort hat er ein Volontariat absolviert. Danach hat er mehrere Jahre für private Fernsehsender gearbeitet. Jetzt hat er einen Monat Probezeit als freier Mitarbeiter. Ich habe heute einen Termin mit dem Chefredakteur der Tagesnachrichten. Als ich zu ihm unterwegs bin höre ich durch die geschlossene Türe, dass Andreas Müller ihn zur Rede stellt: David, Du bist ein sympathischer junger Mann, aber als Journalist bist Du völlig ungeeignet. Du solltest Dir einen anderen Job suchen. Ich gebe Dir diesen Rat freundschaftlich, denn hier vertust Du Deine und unsere Zeit. David grinst: „Ok, wenn Du das so siehst, dann ist das Deine Meinung. Danke für den Ratschlag" dreht sich um und läuft aus dem Büro raus auf den Flur. Er stößt mit mir zusammen, entschuldigt sich und weg ist er. Ich muss zugeben, er sieht Hammer mäßig gut aus. Viel zu gut für einen Journalisten. Eher erinnert er mich an ein Topmodell. Was für eine Schande, dass er offensichtlich nicht viel in seinem Gehirn hat.

David Becker ist sauer. Dieser blöde Chefredakteur. Für ihn steht fest, er wird es ihm heimzahlen. Einen anderen Job suchen wird er schon gar nicht. Er wird Karriere machen in diesem Sender und er weiß auch schon wie. Er hat gesehen wie diese Anna Schmitt, die neue Intendantin ihn angeschaut hat. David Becker weiß ganz genau wie er auf Frauen wirkt. Sei himmeln ihn an und er hat diese Eigenschaft sein ganzes Leben lang für sich genutzt. So hat er sich auf der Redaktion der Tageszeitung durchgeschlagen und auch bei den privaten Sendern. Jetzt ist es an der Zeit sich die Intendantin zu schnappen. David Becker verliert nie Zeit, er geht sofort auf sein Ziel los. Am

Nachmittag ruft er die Sekretärin von Anna Schmitt an. „Sie sprechen mit David Becker, ich möchte gerne Anna Schmitt sprechen." Die Sekretärin ist überrascht: „Wer sind sie ? Sie hat jetzt keine Zeit, ist in einer Besprechung." Gleichzeitig ruft sie bei Anna an: „Da ist ein Mann in der Leitung. David Becker, er möchte mit Dir sprechen." Ich überlege kurz: es ist der junge, gutaussehende Mann vom Vormittag. „Ja, stelle ihn später durch. Er soll in einer Stunde zurückrufen. Eine Stunde später ruf David Becker wieder an und wird durchgestellt: „ Frau Schmitt, ich möchte mich entschuldigen für mein rüpelhaftes Benehmen." Ich muss lächeln: „ Das ist nicht schlimm. Sie haben es ja nicht absichtlich gemacht." „Trotzdem möchte ich mich bei Ihnen entschuldigen und Sie zum Essen einladen." Ich bin überrascht. Der Kerl hat Mut: „ An was haben

Sie gedacht ? Abendessen oder Lunch ? „Ich würde sie gerne zum Abendessen einladen in meinem Lieblingsrestaurant. Das ist ein kleines, feines Restaurant und da werden ganz sicher keine Menschen sein die Sie kennen, das wäre doch bestimmt auch nicht verkehrt für Sie als Intendantin oder ? „ Ich muss jetzt wirklich lachen: „Der ist nicht ohne, dieser David. Er traut sich wirklich etwas." „Na, gut, holen sie mich nächsten Donnerstag um 19.00 Uhr am hinteren Parkplatz ab. Ich werde da stehen, direkt an dem großen Müllcontainer. Seien sie pünktlich, denn ich werde keine Sekunde warten." Als David Becker aufgelegt hat lehne ich mich in meinem cognacfarbenen ledernen Schreibtischsessel zurück. „Alle Achtung, so hat mich ein Mann schon lange nicht mehr imponiert. Sofort anrufen, sofort aufs Ziel losgehen. Möchte er mit mir essen gehen oder mit der Intendantin ? Diese Frage muss ich mir leider jedes Mal stellen. Gleichzeitig ist es mir aber auch egal. Für meine Sexeskapaden habe ich immer noch Thibaut, also bin ich satt. Für meinen Hunger nach Menschen und guten Döner habe ich Ingmar, auch da bin ich versorgt. Warum nicht einen schönen Abend mit einem gutaussehenden, sexy Journalisten verbringen und sehen was passiert. Ich bin aufgeschlossen und habe nichts zu verlieren. Ich freue mich auf den Abend mit David.

Als ich nach Hause komme schalte ich gewohnheitsgemäß den Fernseher ein. Gleichzeitig schenke ich mir ein Glas Weißwein ein und lasse Wasser in die Wanne einlaufen. Dann hole ich mir meinen Wein und will gerade in die Wanne steigen. Im Bad höre ich, dass die Moderatorin der Fernsehnachrichten vom Tod eines Führungsmanagers einer Versicherung redet. Er wurde im Wald in seinem Auto gefunden. Ich gehe zurück, bleibe mitten im Raum vor dem Fernseher stehen. Das Glas fällt aus meiner Hand. Ob ich diese Geschichte damals mitgehört habe ? Oder war es wirklich ein Selbstmord ? Ich werde es nie beweisen können und es ist jetzt auch nicht mehr wichtig. Ich steige in die Badewanne und genieße das warme Wasser. Der Wert solcher Nachrichten wird ohnehin überschätzt. Was nutzt es mir zu wissen, ob der Manager sich umgebracht hat oder nicht. Er hat nichts mehr davon, jetzt wird es einen anderen, neuen Manager geben der gefällt oder nicht. Solche Nachrichten lenken ab von wirklich wichtigen Dingen. Vor kurzem habe ich gelesen, dass zu viel Konsum von Fernsehnachrichten das Immunsystem kaputt macht. Zu viel des

Stresshormons Cortisol gerät dann in die Blutbahn. Wenn wir etwas sehen was uns Angst macht, dann produziert der Körper dieses Stresshormon: man wird anfälliger für Infektionen, Haare wachsen langsamer, Knochen werden porös und man bekommt Verdauungsstörungen. Wir sollten vielleicht vor jeder Nachrichtensendung eine Warnmeldung einblenden: „Achtung, Nachrichten können ihrer Gesundheit schaden." Wir sollten Nachrichten verbieten, damit wir nicht krank werden. Ich muss laut lachen, das gefällt mir gut.

Ich muss mich beeilen, damit ich nicht zu spät komme zu meinem Treffen mit David. Ich habe ihm gesagt, dass ich nicht warten werde, also kann ich ihn auch nicht warten lassen, zumindest nicht länger als zehn, fünfzehn Minuten. Ich möchte sehen, ob er dann noch da ist. Als ich um

19.15 am Müllcontainer ankomme steht David dort und wartet. Er lächelt und tut so als sei ich keine Sekunde zu spät. Er hat eine einzige weiße Lilie in der Hand: „Schön Sie zu sehen Frau Schmitt." Ich bin gerührt: „Danke für die Lilie, das ist zauberhaft. Ich freue mich auf einen schönen Abend mit ihnen." Er übernimmt sofort das Ruder: „Wir fahren mit meinem Auto. Ich habe einen Tisch reserviert. Lassen sie sich überraschen." Das gefällt mir gut. Ein jüngerer Mann der die Initiative nimmt. Wir fahren raus aus Köln. Nach etwa 25 Minuten parkt David den Wagen auf einem kleinen Platz an einem wunderschönen, alten Fachwerkhaus mitten im Wald. Hier war ich noch nie. Drinnen ist es sehr gemütlich mit Holztischen, vielen Kerzen und silbernem Besteck auf weißen Tischdecken. Genau mein Geschmack. Wir bekommen einen geschmackvoll gedeckten Tisch mit einem Blumengesteck in der Mitte ganz hinten in einer Ecke, die ähnlich wie einem Chambre Séparée abgetrennt ist und wo wir also nicht gesehen werden können, während wir alle beobachten können. Ich fühle mich sofort wohl: „Eine fantastische Wahl. So nah an Köln und so gemütlich, ich fühle mich fast so wie im Winterurlaub in den Bergen. „ David nimmt auch bei der Wahl der Getränke und beim Essen die Initiative. „Gibt es etwas, was sie nicht Essen ?: „Nein, ich mag alles, leider. Ich esse unheimlich gerne und mir schmeckt fast alles." Also bestellt David für uns beide das gleiche: Einen sehr langsam auf kleiner Flamme 24 Stunden gegarter Lammnacken als Hauptgericht. Als Vorspeise ein Lachstartar mit Grapefruit und als Nachtisch eine köstliche Creme mit weißer Schokolade. Dazu ein leichter Rotwein. David merkt, wie mir der Rotwein ein wenig zu Kopf steigt. Er neigt sich zu mir rüber: „Sie können ruhig Wein trinken. Ich fahre Sie nach Hause und Sie lassen ihr Auto stehen. Ich hole sie morgenfrüh ab und bringe sie zur Arbeit. Selbstverständlich sehr diskret." Ich schaue ihm tief in seine wunderschönen, sehr blauen Augen: „Das Angebot nehme ich gerne an und dann hätte ich gerne noch ein wenig von dem köstlichen Rotwein." Kurz vor Mitternacht verlassen wir das Restaurant. Ich fühle mich großartig. David gibt mir seinen Arm, denn ich bin ein klein wenig wackelig auf den Beinen. „Übrigens, darfst Du Anna zu mir sagen." „Ich bin David." Er küsst mich auf den Mund, ohne zu fragen, ohne abzuwarten. Mann oh Mann er geht zur Sache. David hat offensichtlich nicht so viel Wein getrunken wie ich und fährt zügig zurück nach Köln. Ich habe ihm meine Adresse gegeben. Bei mir angekommen parkt er das Auto und öffnet mir die Türe. „Ich bringe Dich hoch, das ist sicherer." Im Fahrstuhl kann ich nicht aufhören zu lachen. Oben angekommen nimmt er meinen Haustürschlüssel und öffnet meine Tür. „Ich gehe mit hinein und helfe Dir" Ich bin paff:" Oh nein, das brauchst Du nicht, ich kann das alleine, bin ein großes Mädchen. „Ja aber eines, welches ein bisschen Wein getrunken hat." Bestimmt drücke ich ihn sanft hinaus in Richtung Haustüre. Dieser Mann geht mir viel zu schnell zur Sache. Das möchte ich jetzt heute nicht haben. Ich bin müde und will schlafen. „Es war ein wunderschöner Abend. Danke". Hinter ihm schließe ich meine Haustüre doppelt ab und falle ins Bett.

Meine Aufgaben als Intendantin sind ganz anders als diejenigen die ich in der Redaktion hatte. Mit dem täglichen Nachrichtengeschäft habe ich jetzt nicht mehr so viel zu tun. Jetzt übernehme ich mehr bürokratische Aufgaben. Ich bin die Spitze der Verwaltung sozusagen. Ich treffe mich regelmäßig mit dem Rundfunkrat und mit den Juristen. Es sind viele Dinge, die neu sind und die ich lerne, dabei bekomme ich vor allem Hilfe vom leitenden Juristen, der den Verwaltungsapparat schon sehr lange in und auswendig kennt.

Eine heiße Story für Helene

Helene sitzt Zuhause an ihrem Schreibtisch. Seit sie ihren YouTube Channel hat arbeitet sie meistens von Zuhause aus und es macht ihr unheimlich viel Spaß. Sie liest gerade eine Email von einem Flüchtling aus dem Irak, der in Bayern festgenommen wurde und dort im Gefängnis gesessen hat. Angeblich wegen einer Lappalie habe man seine Untersuchungshaft mit dem Maximum von 6 Monaten durchgezogen. Er schreibt ihr in seiner Mail darüber, wie es in deutschen Gefängnissen zugehen soll. Vor allem schreibt er darüber, dass angeblich Gefangene umgebracht werden und dies dann als Selbstmord vertuscht werden. Helene liest die Mail zwei, drei Mal, kann kaum glauben was da steht. Sie schreibt dem jungen Mann, er heißt Hussein eine Mail zurück und bittet ihn um ein

Treffen. Er schreibt in Englisch und teilt ihr mit er könne nur arabisch und englisch und ein wenig deutsch. Das ist für Helene kein Problem. Sie wird ihn treffen und zwar schon übermorgen, denn ein solches Thema möchte sie sofort recherchieren.

Hussein sitzt schon in dem Cafe in dem sich Helene mit ihm verabredet hat. Er ist zehn Minuten zu früh. Helene erkennt ihn sofort. Er schaut ängstlich und traurig. Helene begrüßt ihn, bestellt danach zwei Tee und dann erzählt Hussein ihr seine Geschichte: „ Ich wurde in Deutschland festgenommen, an der Grenze zu Österreich weil ich mich dort mit einem Freund geprügelt habe, er hatte mir Geld gestohlen und wollte es nicht zurückgeben. Ich hatte keinen Ausweis bei mir. Als der Beamte mich festnehmen wollte, drehte ich durch und versuchte ihn ebenfalls zu schlagen. Ich hatte unheimliche Angst. Mehrere Beamte hielten mich unter Kontrolle und ich kam ins Gefängnis in Untersuchungshaft. Mir wurde vorgeworfen ich wäre illegal nach Deutschland eingereist, hätte Landfriedensbruch begangen und Beamte bedroht. Insgesamt war ich ein halbes Jahr in Untersuchungshaft. Auf den Tag genau hatte die Justiz das in die Länge gezogen. Ich war im Irak, ich war im Krieg, ich wurde von Rebellen festgenommen, war mehrere Monate auf der Flucht durch viele Länder aber das alles war nicht so schlimm, als diese Zeit in einem deutschen Gefängnis. Neunzig Prozent der Insassen sprachen Arabisch oder Farsi, Sprachen welche die Wärter nicht beherrschten. Die meisten der Insassen kamen aus arabischen Ländern, Nordafrika, Afghanistan, Irak, Syrien aber auch aus Albanien, Bulgarien, Rumänien. Dort wurden Geschäfte abgewickelt und Kontakte geschmiedet für die Zeit nach dem Gefängnis. In der Zeit in der ich dort war wurden mehrere Gefangene umgebracht. Ich hatte unheimliche Angst. Wenn man sich nicht an die Regeln hielt, oder die Wärter einem nicht mochten, dann kam man in die Psychiatrie. Auch ich wurde in die Psychiatrie eingeliefert mit dem Vermerk „Selbstmordgefährdet". Nur durch Zufall konnte ich meine Akte einsehen und ich bekam angst als ich diesen Vermerk sah. In den Monaten in denen ich dort war gab es mehrere Gefangene die sich in der Psychiatrie umgebracht hatten. Unter den Häftlingen kursierte das Gerücht, dass unbequeme Gefangene einfach verschwanden. Jetzt war auch ich in der Situation und ich konnte nichts tun. Jeden Tag bekam ich drei Mal drei

Tabletten die ich schlucken sollte und drei Mal ein kleines Getränk, ich nehme an Beruhigungsmittel, aber es könnte auch ein Gift sein. Wer weiß das schon ? Jetzt war ich an dem Ort an dem man mich einfach so beseitigen konnte. Dann würde meine Familie ein Schreiben erhalten, in dem ihnen mitgeteilt würde, dass ich Selbstmord begangen hätte und ich könnte nichts tun. Also habe ich mich vorbildlich betragen und keinen Anlass mehr gegeben, damit man mir nichts antun würde. Die deutschen Gefängnisse sind wirklich sehr, sehr gefährlich. Das Problem: in der Öffentlichkeit, in der Presse hätte man nicht einmal über mich berichtet, weil in der Regel nicht über Selbstmorde berichtet wird. So wird dies unter den Tisch gekehrt. „ Helene schaut Hussein traurig an: „ Das klingt unglaublich schlimm. Ich werde mich darum kümmern und recherchieren und die Verantwortlichen befragen. Wenn das stimmt, dann ist dies eine sehr ernste Sache. Gleichzeitig kann ich mir gut vorstellen, dass dies so ist, denn es hat verschiedene eigenartige Selbstmorde in Gefängnissen gegeben in letzter Zeit. Ein Terrorverdächtiger der unbeobachtet gewesen sein soll und sich an einem Heizkörper aufgehängt hat. Das sind oft Selbstmorde unter dubiösen Umständen. Ja, ihre Geschichte lieber Hussein gibt mir wirklich zu denken. Allein in unserem Bundesland hat sich die Zahl der Selbstmorde in Gefängnissen verdoppelt. Ja, es ist eine Recherche wert." Helene gibt Hussein die Hand, nimmt ihre Unterlagen und verlässt das Cafe. Auf dem Fahrrad unterwegs nach Hause geht ihr vieles durch den Kopf. Diese Geschichte ist sehr interessant und sicher wird die nächste Internetsendung ein großer Erfolg.

Am nächsten Tag hat Helene ein erneutes Treffen mit Antonio Antoniousis. Er hat eine Überraschung hat er gesagt. Helene ist gespannt. Rahim bringt ihr Frühstück ins Bett. Er ist so süß und aufmerksam. Ein wirklich toller Mann. Beide küssen sich innig, dann zeiht sich Rahim an und macht sich auf den Weg zur Arbeit. Helene lässt sich Zeit mit anziehen, sucht in Ruhe ein schönes Kleid aus. Ihr rotes, sehr enges Kleid. Dazu trägt sie ihre schwarzen Pumps und eine schwarze Handtasche. Antonio Antoniousis ist Grieche, zwar schon etwas älter, aber sehr Charmant. Sie möchte gut aussehen, wenn er seine Überraschung präsentiert.

Alles ist anders als alle denken

Heute wird Helene erfahren, wer tatsächlich zusammenarbeitet und wie die Fäden gezogen werden. Ich kann nicht warten ihr Gesicht zu sehen. Ich mache mir meinen Morgenjuice und lächle. Der Abend mit David war wirklich gelungen. Er ist ein wirklicher Gentleman aber er hat Absichten, das ist mir klar. Ich ziehe mich an, entscheide mich heute für einen cremefarbenen Hosenanzug mit etwas weiterer Hose und betont engem Blazer. Ich betrachte mich im Spiegel und finde mich, so wie meistens, sehr schön. Zufrieden nehme ich meine Aktentasche, die große cognacfarbene, vergesse meinen Schlüssel nicht und gehe hinaus. Wir haben uns verabredet in einem der besten Restaurants der Stadt im neuen Hafenviertel in Köln. Dort gibt es einen separaten Raum den Antonio für uns reserviert hat. Als ich ankomme sitzen Helene und Antonio schon am Tisch und Helene springt wie von der Tarantel gestochen hoch. „Was machst Du hier ? schnauzt sie mich an. Ich bleibe ruhig und lächle. „Liebste Helene, ich freue mich, dass ich Dir jetzt hier reinen Wein einschenken darf. Du und ich wir arbeiten seit Jahren zusammen, ohne dass Du es weißt. Antonio und ich haben gemeinsam Deinen Internetsender aufgebaut, wir unterstützen Dich ohne das Du es mitbekommen hast. „ Helene schaut mich ungläubig an. „Das ist doch nicht die Wahrheit ? Oder doch ? Sie schaut mich an und dann Antonio. Er lächelt ebenfalls und nickt. „Wir sind heute hier, weil wir dringend besprechen müssen wie es weiter geht. Ich brauche Euch als Team und ich muss Euch beide unterstützen. Es geht hier um sehr, sehr viel. Wir wollen gemeinsam die Welt verändern und dazu braucht es eine geeignete Strategie. Deshalb durftest Du Helene auch nicht wissen, dass Du eigentlich mit uns zusammenarbeitest. Wir brauchten Dich auch, damit Du kritisch über uns berichtest, damit unsere Tarnung nicht auffliegt. Anna besetzt jetzt die Stelle, auf die wir hin gearbeitet haben. Jetzt ist es an der Zeit hinter den Kulissen gemeinsam dafür zu sorgen, dass es Chaos gibt und alles zusammenbricht, damit wir die Welt wieder neu aufbauen können nach unseren Kriterien. Wir möchten eine bessere Welt und wir möchten diese bestimmen und unsere Regeln einführen. Anna, weiß, dass ich nur das Beste vorhabe, es wird eine neue Währung geben und es wird eine neue Weltordnung geben. Es gibt viele Details, die kann ich Euch nicht, die darf ich Euch nicht erzählen. Ihr müsst mir einfach vertrauen, denn ich vertraue Euch. Ihr seid die Zukunft unseres Planeten und ihr helft jetzt mit, dafür zu sorgen, dass wir eine bessere Welt bekommen." Antonio Antoniousis lehnt sich zurück und schaut Helene an. Sie ist ganz rot geworden vor lauter Aufregung, denke ich. Sie antwortet: „Ich kann es nicht glauben, dass bedeutet, dass Anna und ich tatsächlich Freundinnen sind ?" Sie lacht. „Ich mag Anna, aber habe nicht verstanden, warum sie mich ausbootet und hinter meinem Rücken Intrigen schmiedet. Eigentlich bin ich froh, dass das jetzt vorbei ist, dass wir gemeinsam arbeiten können. Ich bin dabei, denn ich möchte nichts lieber als diese Doris Haas loswerden und die Welt verbessern. Dazu habe ich ja auch den Internetkanal gegründet." Helene und ich wir schauen uns an und lachen. Antonio lacht ebenfalls. Ich freue mich und sage: „ Das ist erst der Anfang, wir haben viel zu tun und wir müssen sehr vorsichtig sein. Zum Glück haben wir Antonio und seine überaus mächtigen Kontakte in der ganzen Welt. Ich denke in zwei Jahren wird alles anders aussehen als jetzt und wir sind von Anfang an mit dabei. Ein schöner Gedanke."

Diese Serie geht weiter…..nächste Folgen sind in Arbeit…..

Herstellung und Verlag:
BoD - Books on Demand, Norderstedt
ISBN 978-3-7528-3226-6